W9-AEL-147
3 1230 00971 7766

A Ruby.

A.H. Benjamin

A mamá y papá, que siempre
se tomaron bien mis gruñidos.

Merel Eyckerman

¿Qué es ese ruido?
Colección Somos8

www.nubeocho.com · info@nubeocho.com

Título original: *What's that terrible growl?*

Primera edición: 2018
ISBN: 978-84-17123-54-3
Depósito Legal: M-13671-2018

Impreso en China a través de Asia Pacific Offset,
respetando las normas internacionales del trabajo.

¿QUÉ ES ESE RUIDO?

A.H. BENJAMIN
MEREL EYCKERMAN

nubeOCHO

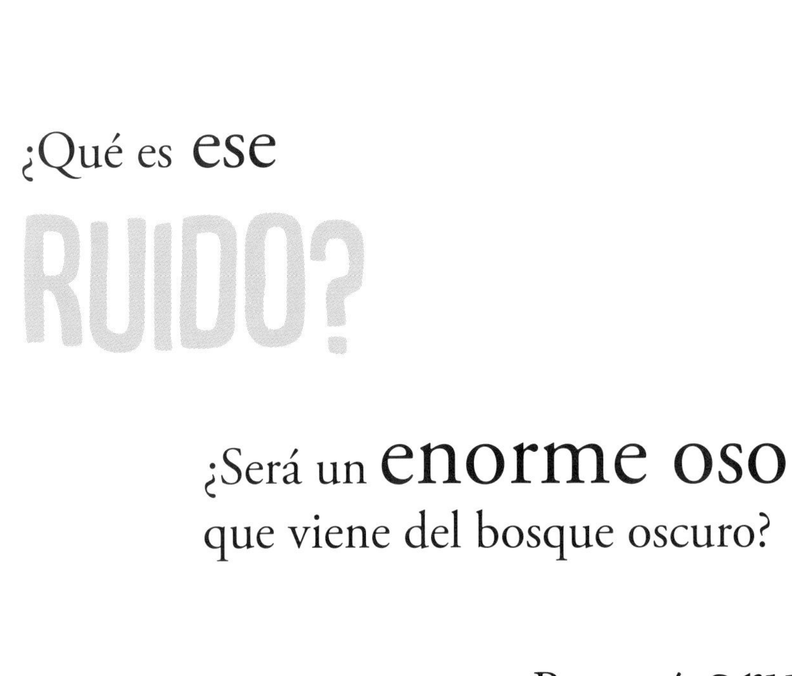

¿Qué es ese

RUIDO?

¿Será un enorme oso
que viene del bosque oscuro?

¿Por qué gruñe?

¿Qué quiere?

GRRR

¿Qué es ese **RUIDO?**

¿Será un **león hambriento** de la sabana?

¿Por qué **gruñe** así?

¿**Qué** quiere?

¿Qué es ese

RUIDO?

¿Será un gorila enfadado
que viene de las Montañas de la Niebla?

¿Por qué gruñe así?

¿Qué quiere?

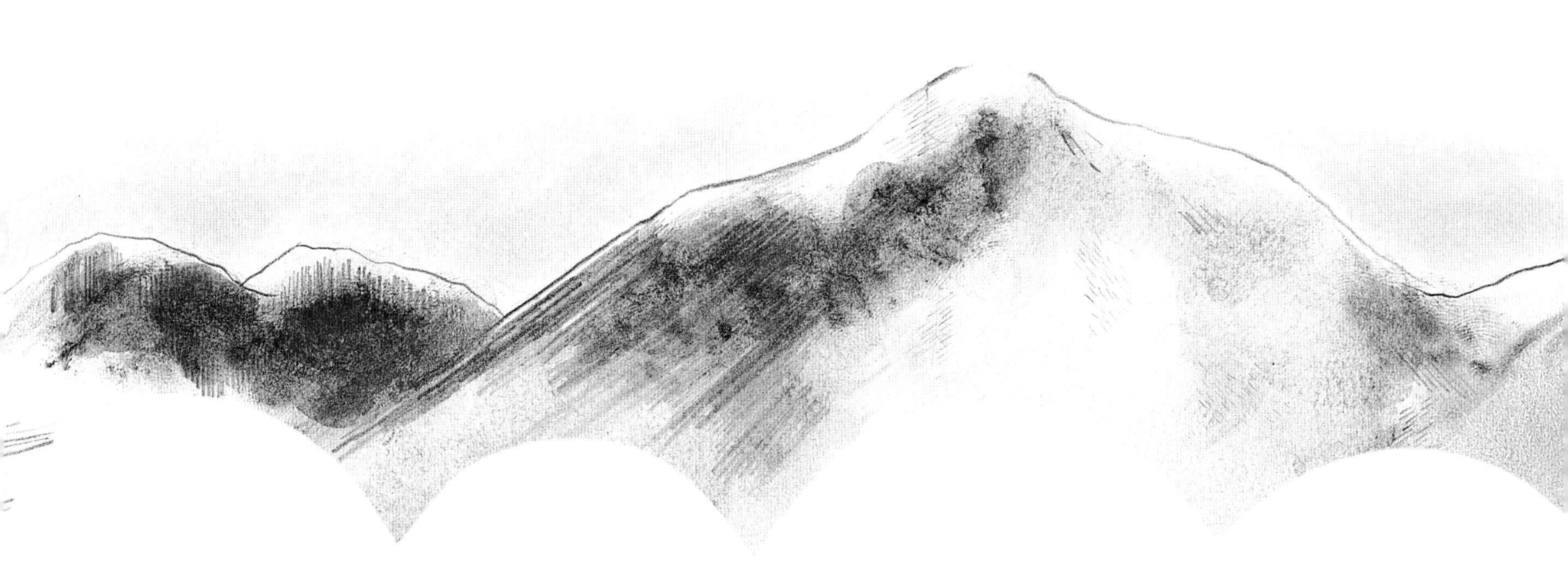

GGGRRRRRRR

¿Qué es ese

RUIDO?

¿Será un **ogro feo y malo**
que vive en un castillo hecho con huesos?

¿Por qué **gruñe** así?

¿**Qué** quiere?

GGGGGRRRRRR

¿Qué es ese

RUIDO?

¿Será un temible dragón de fuego
que viene de una tierra lejana?

¿Por qué gruñe así?

¿Qué quiere?

GGGGGRRRR

¿Qué es ese

RUIDO?

¿Será una **lombriz gigante**
del fondo de la tierra?

¿Por qué **gruñe** así?

¿**Qué** quiere?

GGGRRRRRR

¿Qué es ese

RUIDO?

¿Será un monstruo verde
del abismo del océano?

¿Por qué gruñe así?

¿Qué quiere?

RRRRRRR

¿Qué es ese

RUIDO?

¿Será una criatura
de diez ojos que viene del espacio?

¿Por qué gruñe así?

¿Qué quiere?

RRRRRRRRRR

Pero ¿qué es ese

RUIDO?

¿Quién gruñe así?

¿Qué puede ser?

RRRRRRR

¿Será un oso? ¿Será un león?
¿Un gorila? ¿Un ogro?
¿Un dragón? ¿Será una lombriz gigante?
¿Un monstruo marino?
¿Una criatura del espacio exterior?

¡NO!

La que gruñe es…

¡La pequeña MARTINA!

—Perdón chiquitina —dice mamá—, queríais a Grrrr y no nos dimos cuenta. ¡Aquí lo tienes!

G G G G G

GGGRRRRRRR

Martina sonrió
y continuó jugando
con su **dinosaurio**
y con su **hermano**...
Grrrrrr!